KB216444

CLASSICO

Part of Cow & Bridge Publishing Co.
Web site : www.cafe.naver.com/sowadari
3ga-302, 6-21, 40th St., Guwolro, Namgu, Incheon, #402-848 South Korea
Telephone 0505-719-7787 Facsimile 0505-719-7788 Email sowadari@naver.com

The Tale Of
THE FLOPSY BUNNIES
by Beatrix Potter

Published by Cow & Bridge Publishing Co.
First original edition published by Frederick Warne & Co. London
This recovery edition published by Cow & Bridge Publishing Co. Korea

ISBN 978-89-98046-42-2

플롭시 버니 이야기

베아트릭스 포터 지음

Cow & Bridge
PUBLISHING COMPANY

맥그레거 아저씨와 피터와 벤자민의 작은 친구들에게

오늘은 상추에 관한 이야기를 해 줄게요.
상추를 많이 먹으면 잠이 솔솔 온대요.
그런데 아줌마는 상추를 먹어도
하나도 졸립지가 않아요.
아줌마는 토끼가 아니니까요.
하지만 플롭시의 아기 토끼들은 상추를 먹고
정말로 쿨쿨 잠을 잤답니다.

말썽꾼 꼬마 토끼 벤자민 버니는
어른이 되어 피터의 여동생 플롭시 버니와
결혼을 했어요. 아기 토끼도 많이 낳았고요.
그런데 이를 어쩌죠?
아기 토끼들 이름이 생각나지 않네요.
그냥 '아기 토끼들'이라고 불러야겠어요.

아기 토끼들은 엄청난 먹보라서
가끔은 먹을 것이 모자란 날도 있어요.
그러면 벤자민은 피터가 돌보는 텃밭에
양배추를 얻으러 가기도 해요.
"피터, 양배추 좀 나누어 줄래?"

하지만 양배추가 부족한 날도 있어요.

"벤자민, 오늘은 양배추가 없구나. 미안."

그런 날이면
벤자민과 아기 토끼들은 들판 너머
맥그레거 아저씨네 텃밭 담장 밖에 쌓인
풀더미로 가요.
"얘들아, 넘어질라. 뛰지 말고 천천히 가렴."

풀더미 안에는 온갖 잡동사니가 섞여 있어요.
딸기잼 병, 종이봉투, 썩은 호박.
그리고 찢어진 장화도 있어요.
잔디 깎는 기계에서 나온 풀도 잔뜩 있는데,
기름 냄새가 고약해서 먹을 수는 없지요.
그런데 오늘은 웃자라서 꽃이 핀 상추가
잔뜩 있지 뭐예요. 만세!
사람들은 꽃이 핀 상추는 먹지 않고 버려요.
상추는 꽃이 피면 맛이 떨어지거든요.

아기 토끼들은 상추를 갉아 먹기 시작했어요.
그리고 졸음이 왔는지 하품을 하면서
하나 둘 풀더미 위에 누워 잠이 들었어요.
"이상하다. 왜 이렇게 졸립지?"
하지만 벤자민은 많이 졸립지는 않았어요.
왜냐하면 상추를 조금만 먹었거든요.
그래서 얼굴에 파리가 달라붙지 않게
널따란 종이봉투를 머리에 뒤집어 쓰고
쿨쿨 잠을 잤어요.

아기 토끼들은 따스한 햇살 아래 잠들었어요.
멀리 잔디 깎는 소리가 윙윙 났고요.
똥파리가 왱왱 날아다니다 담장에 앉았어요.
숲에 사는 생쥐 아줌마는 풀더미에
반쯤 파묻힌 딸기잼 병을 살펴보고 있었어요.
생쥐 아줌마 이름은 '토마시나 티틀마우스'.
이름이 참 길죠?

생쥐 아줌마가

벤자민이 뒤집어쓴 종이봉투 위를

밟고 지나가는 바람에 벤자민은 잠이 깼어요.

티틀마우스 아줌마는 공손하게 사과했지요.

"토끼 아저씨, 잠을 깨워서 미안해요.

저는 피터래빗의 친구 티틀마우스랍니다."

둘이서 이런저런 이야기를 나눌 때였어요.
담장 위에서 저벅저벅 발소리가 들렸어요.
"앗! 맥그레거 아저씨다!"
아저씨는 깎은 잔디를 한 자루 가득 들고 와
잠든 아기 토끼들 위에 와르르 쏟았어요.
벤자민은 놀라서 종이 봉투 아래 숨었고요.
생쥐 아줌마는
딸기잼 병 안으로 쏙 들어가 숨었어요.

아기 토끼들은 아직도 달콤한 꿈을 꾸는지
자면서 음냐음냐 웃고 있어요.
풀더미가 쏟아지는데도 깨어나질 않아요.
왜냐하면 아까 상추를 너무 많이 먹었거든요.
아기 토끼들은 엄마 토끼 플롭시가
볏짚 이불을 덮어 주는 꿈을 꾸나 봐요.
그런데 맥그레거 아저씨가 풀더미 사이로
삐죽 나온 토끼 귀를 보더니 말했어요.
"저건 또 뭐지?"

그때, 파리가 아기 토끼 귀에 내려 앉았어요.
아기 토끼는 귀를 팔락거려 파리를 쫓았고요.
이것을 본 맥그레거 아저씨가 담장을 내려와
"헛헛, 한 놈, 두시기, 석 삼, 너구리, 오징어,
육개장! 작은 토끼가 여섯 마리나 있네!"
하며 아기 토끼들을 살살 자루에 담았어요.
아저씨의 손이 흔들흔들 흔들렸지만
아기 토끼들은 여전히 깨어날 기색이 없어요.
엄마가 토닥토닥 해 주는 꿈을 꾸나 봐요.

맥그레거 아저씨는

자루를 끈으로 단단히 묶어서

담장 위에 올려 두고

잔디 깎는 기계를 치우러 갔어요.

아저씨가 자리를 떠나고 나서
집에 남아 있던 엄마 토끼 플롭시가
들판을 가로질러
아기 토끼들을 찾으러 왔어요.
"아가들은 대체 어디에 있는 거지?"
엄마 토끼 플롭시는 너무나 궁금했어요.

잠시 후 딸기잼 병에 숨은 생쥐 아줌마하고
종이봉투 아래 숨은 벤자민이 나와서
슬픈 이야기를 해 주었어요.
"맥그레거 아저씨가 아기 토끼들을
자루 안에 넣어 버렸어. 어쩌지?"
벤자민과 플롭시는 자루를 묶은 끈을
도저히 풀 수가 없었어요.
하지만 티틀마우스 아줌마는 재주가 많아요.
생쥐 아줌마가 자루 한구석을 이로 쏠아
커다란 구멍을 내 주었답니다.

벤자민은 아기 토끼들을 끄집어내어
볼을 꽉 꼬집어 잠을 깨웠어요.
엄마 토끼 플롭시는 자루 안에
썩은 오이를 하나, 둘, 세 개 집어넣고
빨간무를 하나, 두 개 넣었어요.
시커먼 구둣솔도 하나 넣었고요.

그러고는 덤불 속에 꼭꼭 숨어
맥그레거 아저씨를 몰래 지켜봤어요.

맥그레거 아저씨는 자루를 집어들고
집으로 향했어요.
그러다 잠시 자루를 내려놓고는 말했어요.
"어라? 아까보다 조금 무거워진 것 같은데?"

토끼 가족은

맥그레거 아저씨한테 들키지 않도록

멀찌감치 뒤에서 따라갔어요.

이윽고 맥그레거 아저씨는 자루를 들고
집으로 들어갔어요.

토끼들은 살금살금 창문 쪽으로 다가가서
안에서 나는 소리를 엿들었어요.
"쉿, 조용히 좀 하렴."

쿵!

자루를 바닥에 던지는 소리가 났어요.

아기 토끼들이 그 안에 있었다면 아팠겠죠?

그리고 드르륵 의자 끄는 소리가 나더니

맥그레거 아저씨의 목소리가 들렸어요.

"한 놈, 두시기, 석 삼, 너구리, 오징어,

육개장!"

그러자 옆에 있던 맥그레거 부인이 물었어요.

"영감, 그게 대체 무슨 말이유?"

아저씨는 손가락을 꼽으며 말했어요.

"한 놈, 두시기, 석 삼, 너구리, 오징어,
육개장이라니까!"

"아유, 참. 그 자루에 대체 뭐가 있는 거유?"

"한 놈, 두시기, 석 삼, 너구리, 오징어,
육개장! 아기 토끼가 여섯 마리라고!"

(막내 토끼가 창가에 올라가 있네요.)

맥그레거 부인은 자루를 더듬었어요.
여섯은 여섯인데 아기 토끼가 아니라
늙은 토끼 같았어요.
크고 딱딱하고 모양도 제각각이었거든요.
"딱딱한 걸 보니 맛은 없겠수. 토끼 가죽은
내 외투 안감으로 쓰면 되겠구먼."
"그 낡아빠진 외투 안감으로 쓴다고?
팔아서 곰방대를 사야지."
"어림없는 소리 마시구랴.
가죽을 벗긴 다음 잡아먹을 거니까."

맥그레거 부인이 자루 속에 손을 넣자, 웩!
고약한 냄새가 나는 썩은 오이가 잡혔어요.
부인은 화가 머리 끝까지 나서 소리를 쳤어요.
"이 영감탱이, 일부러 장난을 치고 그래!"
"이상하다. 분명 한 놈, 두시기, 석 삼,
너구리, 오징어, 육개장이었는데⋯⋯."
아저씨도 화가 났는지 썩은 오이를
창밖으로 힘껏 집어 던졌는데
막내 토끼가 오이에 맞았지 뭐예요.
"아이쿠, 아야!"
정말 아프겠지요?

엄마 토끼 플롭시가 말했어요.
"자, 아가들아. 이제 집에 갈 시간이다."
아기 토끼들은 엄마 아빠를 따라
들판을 지나 집으로 돌아갔답니다.

결국 맥그레거 아저씨는 곰방대를 못 샀고요.
맥그레거 부인도 토끼 가죽을 얻지 못했어요.
겨울이 오고 크리스마스가 되었어요.
벤자민은 아기들을 구해준 생쥐 아줌마에게
토끼털을 잔뜩 선물했어요.
생쥐 아줌마는 모자 달린 따뜻한 외투하고
포근한 벙어리장갑을 만들었답니다.

- 끝 -

오리지널 피터래빗 시리즈 03

The Tale of The Flopsy Bunnies
플롭시 버니 이야기

1판 1쇄 2014년 12월 5일
지은이 베아트릭스 포터 옮긴이 김동근
발행인 김동근
발행처 소와다리
출판등록 제2011-000015호(2011년 8월 3일)
주소 인천광역시 남구 구월로 40번길 6-21번지 3가동 302호
전화 0505-719-7787
팩스 0505-719-7788
이메일 sowadari@naver.com

파본은 구입처를 통해 바꿔드립니다.

ISBN 978-89-98046-42-2